Eulalia Stjärnvind

Omslagsbild: Niklas Aurgrunn

Eulalia Stjärnvind

Niklas Aurgrunn

Förlag: BoD – Books on Demand, Stockholm, Sverige

Tryck: BoD – Books on Demand, Norderstedt, Tyskland

ISBN: 978-91-7969-263-6

"Om någon håller av en blomma, som är den enda i sitt slag på miljoner sinom miljoner planeter, så behöver han bara skåda ut i rymden för att känna sig lycklig. Han säger till sig själv: 'Min blomma finns där ute någonstans...' "

- Lille prinsen

"Det är så man ska börja ett nytt liv, med en brinnande stormlykta i masttoppen, kustlinjen försvinner i mörkret bakom en, hela världen sover. Att resa om natten är finare än nånting annat på jorden. "

- Muminpappan

D en sommaren jag kände Eulalia var jag väl inte mycket mer än sju eller kanske åtta år. Det var ett av mina första sommarlov och min mormor och jag hade som alltid om somrarna åkt iväg till en liten blåsig ö med glesa skogar som låg gömd långt ute i havet.

Hon hade bott där när hon själv var liten, och huset hon bodde i då var samma som vi bodde i nu – ett gammalt småtrött men hyggligt hus av murad kalksten som låg alldeles för sig självt nedanför en backe full av blåklockor och långt gult gräs och gulmåra och platta stenar med röda lavar och mossor på. Runtomkring växte en hög syrénhäck med blommor som kanske varit vita eller lila om våren men som hunnit bli bruna och förtorkade av vinden och solen innan vi kom dit.

En gisten flaggstång svajade och knakade utanför ingången, och bortanför en stenmur bräkte nästan helt runda lammungar efter sina mammor som hade strosat iväg efter friskare gräs nån annanstans.

Ett stycke ifrån huset låg en jordkällare med gräs och tistlar på taket och stora svarta spindlar i springorna mellan stenarna, och alldeles intill en gammal faluröd lada. I den fanns en hel del gammal bråte men inga djur.

I spiltorna och båsen där hästar och kor hade stått förr, innan ens min mormor fanns, stod dammiga lådor med bortglömda saker i. Och en moped kanske, eller såna gamla verktyg som ingen längre vet hur man ska använda.

Uppe på loftet hade nån bondgubbe fått tillstånd att ha sitt hö fast det inte var hans lada. Det var perfekt att ligga i när man ville vara ifred, eller så kunde man gräva gångar i det – långa snirklande labyrinter långt in i höskullen tills det blev svårt att andas eller tills man ramlade ut på andra sidan.

Jag tyckte om den skarpa lukten av hö och klättrade gärna upp på loftet.

Det var nåt speciellt med den där ön som gjorde att man aldrig kände sig riktigt ensam när man gick över de ändlösa gula hedarna eller genom den glesa tallskogen – trots att man aldrig mötte en människa. Bakom var och varannan enbuske stod ett lamm och ryckte i det tunna gräset och här och där längs stigarna låg gamla husgrunder – rester efter gårdar där folk levat och arbetat för så länge sen att jag knappt vågade gissa. Och vinden ven och solen sken och man kunde ju alltid prata med sig själv.

Jag hade många favoritställen. Det var såna platser där man kunde stå och se sig omkring utan att nån såg tillbaks, eller där man kunde sätta sig på en sten och veta att man var precis den man ville vara. Det kändes åtminstone så, även om man inte alltid begrep vad det betydde. Min mormor visade mej en sån plats.

Vi gick ut genom grinden mot hagen och fortsatte bort längs en smal stig in i skogen. Efter en stund kom vi till en öppning där stigen grenade sig och då gick vi till höger. Ännu lite senare gick vi förbi resterna av ett par gamla hus, och till-ochmed ett helt hus som stod kvar - fast öde och bommat med förspikade fönster förstås för ingen bodde längre i de där skogarna.

Till slut var vi tvungna att klättra över en stenmur och snedda rakt in mellan täta enbuskar. Fåren som fick syn på oss glodde som om de trodde vi gått vilse.

Så började mormor klättra uppför en vall och hon vek undan en del buskar och lyfte på kvistar och sa:

"Det ska vara här nånstans...jamen här är det ju..."

Jag klättrade efter och gick fram och ställde mig bredvid henne och tittade. Det såg ut som en båt av sten!

"Det är en skeppssättning", sa hon, "en gammal vikingagrav. För tusen år sen ungefär begravdes en viking här med båt och allt."

Jag tittade på linjen av stenar som sträckte sej längs åsen i två rader som buk-tade ut på mitten och gick ihop i ändarna. Gräset växte högt och där fanns en snårig nyponrosbuske i aktern.

"Men", sa jag, "vaddå? Det finns ju inget vatten här."

"På den tiden fanns det faktiskt det", påstod min mormor då, "sjön gick ända hit och den här vallen var det första som stack upp ur havet."

Jag försökte se det framför mej men det var inte lätt. Skogen sträckte sej kilometervis åt alla håll och man kunde inte ens höra vågorna på avstånd. Jag såg på min mormor istället som stod där med sitt vita hår och sina mjuka kinder och de ådriga händerna som vred sej runt varandra. Jag sa:

"Så öar växer också då, precis som människor?"

"Ja, fast de tar förstås längre tid på sig. Jodå, öar föds och växer och blir stora och sen blir de gamla och rynkiga och sjunker ihop och till slut dör de och sjunker ner i havet igen. Så är det med nästan allting. Ja, allting faktiskt."

Men oftast var jag ensam i skogen. Jag kunde gå ut en promenad om förmiddan och leta reda på nån stig jag aldrig gått förut, och sen följde jag den in mellan buskar och under lågt hängande tallgrenar tills jag inte visste var jag var nånstans. Då satte jag mig på en sten eller en gammal hög med ruttnande virke och tittade på lammen eller på nån örn som långsamt svängde över himlen utan att röra vingarna. Kanske hade jag tagit med mig ett pappersblock och en penna för att rita av ett träd eller en bortglömd lada som stack upp på andra sidan en äng full av vajande blodröd vallmo. Eller också satt jag bara där.

Man behövde ju aldrig vara rädd att gå riktigt vilse, eftersom det var en ö.

D et var just en sån dag jag första gången träffade Eulalia.

Det var på Gröna Gatan, en gammal landsväg utan trafik som löpte genom skogen. Gröna Gatan hade varit bortglömd så länge att det här och där växte träd och buskar mitt i vägen, och på ett par ställen hade bönder dragit stängsel rakt över den utan att nån protesterade

Jag hade ätit lunch med min mormor på stenterrassen utanför köksingången där svalorna visslade in i och ut ur sina bon under takpannorna och solen silade lagom varmt genom kronan på det knotiga äppelträdet. En traktor hade tuffat förbi uppe på vägen och två sparvar hade kivats och skvätt vatten på varandra i baljan under pumpen och vi hade ätit stekta flundror och pratat om hur det var på ön när hon var liten. Hon hade sagt:

"Du vet, på den tiden åkte alla längs Gröna Gatan när de skulle ut mot Norra Gattet. Det fanns inga bilar och hästarna ville inte veta av några omvägar så det bar av rakt in i skogen. Och det bodde folk där också, må du tro, i alla de där ruinerna man ser nu…fast det var hela hus då förstås.

15

Jag sa:

"Varför försvann de?"

"Säg det… De blev väl gamla och försvann som alla försvinner till slut. Och barnen hade ingen lust att vara kvar kan man tänka."

På den tiden, när jag var liten och åkte till ön med min mormor, tyckte jag fortfarande att det var väldigt obehagligt att folk blev gamla och bara försvann, och att man inte kunde göra nånting åt det, så jag sa inget.

Men efter maten sparkade jag fram fotbollen under gullregnet utanför utedasset och gick för att rasta den i hagen. Jag sparkade upp den över grinden och klättrade efter, och dribblade en stund runt tallarna och den gamla rostiga harven.

Sen efter en stund sparkade jag tillbaks den igen och gick vidare mot Gläntan.

Ett stycke vid sidan av Gröna Gatan låg det där hela men förbommade huset som jag pratade om tidigare. Det låg för sig självt under ett urgammalt äppelträd som vuxit in under takpannorna, och det var ganska kusligt. Om man bände upp ytterdörren och gick in så måste man stanna i hallen i nån minut så att ögonen vande sig vid mörkret. Ville man sen fortsätta så måste man gå försiktigt för att inte trampa på krossat glas, och framför allt så att man inte knakade för mycket i golvbrädorna och väckte huset. Det kände man nämligen tydligt när man var där: man ville inte väcka huset!

Det var ett stort rum till vänster med en öppen spis och där fanns ett litet kök också med gammalt oläsligt papper på golvet och möss eller fåglar som rasslade på vinden. Till höger fanns ett annat stort rum med en kakelugn och när man hade gått igenom bägge rummen så gick man raskt ut igen och sköt igen dörren efter sig. Sen gick man helst inte dit nåt mer.

Den här gången gick jag bara förbi på avstånd och hade tänkt sätta mig intill en grindstolpe ute vid vägen för att fundera över hur det kom sej att folk försvann när de blev gamla, och om man kanske trots allt kunde göra nånting åt det. Men plötsligt fick jag syn på en tjej som stod alldeles stilla under äppelträdet bakom huset och tittade ner i den igenväxta brunnen.

Det var en bit emellan oss och hon stod i skuggan bakom huset så jag reste mig och tog några steg tillbaka längs vägen för att se bättre. Hon stod fortfarande alldeles stilla och tittade ner i brunnen och hon hade en gamaldags blå klänning med rött band runt midjan och bara fötter. Och det rufsiga mörka håret vispade i den varma vinden.

Vem var hon? Du kanske tycker att jag verkar vara en väldigt nyfiken typ men då förstår du inte hur ovanligt det var med människor i de där skogarna. Det fanns egentligen inga alls och det var därför jag försiktigt kryssade närmare mellan enbuskarna.

Till slut var jag bara ett tiotal meter ifrån henne och kunde se att hon nog inte var mycket äldre än jag, det vill säga åtta år eller så. Plötsligt sa hon högt och tydligt utan att vända sig om:

"Det är svårt att inte vända sig om när man vet att nån smyger upp bakom en, man måste verkligen koncentrera sig."

"Hej", sa jag och kände mig ganska dum.

"Vill du gissa hur jag ser ut framifrån?" sa hon retfullt, och: "Hörru", sa hon, "kom hit så får vi hälsa."

Jag tog några försiktiga steg framåt och tittade ner mot vattnet i brunnen nästan över axeln på henne. Hon luktade våt jord och såpa.

"Hej på dig", sa jag och sträckte fram handen som en liten gubbe, "jag heter Niklas." Hon vred på huvudet och tittade liksom undrande på min framsträckta hand och rapade.

"Ta inte illa upp", sa hon, "jag är sån. Jag tror jag gillar dig."

Och sen stod vi bara där. Hon skuggade ansiktet med handen och vi stirrade på varandras fötter ganska länge. Sen kom jag på det:

"Men du då", sa jag, "vad heter du?"

Hon såg plötsligt ledsen ut och hennes ögon flackade över det torra gräset omkring oss. Hon hostade till och tog ett steg bort. Sen lyfte hon huvudet och tittade ut över heden med sina enbuskar och sina får och de låga stenmurarna som löpte kors och tvärs. Jag sa:

"Inte för att jag har med det att göra...jag bara undrade." Hon vred på huvudet igen och såg på mig:

"Du förstår, jag vet faktiskt inte vad jag heter."

"Det måste du väl veta."

"Nä, det är aldrig nån som frågat förut."

"Men, vad säger folk när de ropar på dig? Din mamma och pappa måste väl kalla dig för nånting."

"Min mamma och pappa pratar inte så mycket. När jag tänker efter så pratar de faktiskt inte alls. Och om de gjorde det så tror jag inte de skulle bry sig så mycket om att kalla mig nånting."

"Jag förstår nog inte..."

"Nä, du gör nog inte det. Men strunta i det, följ med in istället så ska jag visa nåt."

Hon verkade gladare nu när hon slapp prata om att hon inte hette nånting. Hon spatserade iväg runt knuten och in i huset. Jag stod kvar några sekunder och funderade över vad hon kunde ha att visa inne i det där gamla obebodda rucklet. Sen bestämde jag mig iallafall för att följa efter.

Hon hade plockat bort en av brädorna för fönstret på baksidan och väntade på mig i solen som ramlade in på det nötta brädgolvet.

"Kom", sa hon och försvann in i köket, "jag har bakat en kaka till dig."

Jag gick runt den stora öppna spisen där askan efter uråldriga vedträn och tidningar fortfarande låg i svarta högar. När jag tittade in i köket stod hon på knä vid den öppna ugnsluckan och lyfte ut en bakplåt med nånting runt och bränt på. Hon såg förvånad ut för en kort stund men sen satte hon ner plåten på spisen och flinade åt mig:

"Den är nog inte så god att äta men vi kan ju iallafall titta på den en stund om du vill?"

Jag vet inte varför men jag gick in i köket och ställde mig bredvid henne och tillsammans tittade vi på den brända kakan på plåten. En hel massa olika tankar for omkring i huvudet på mig och jag visste inte vilken av dem jag borde ta fatt i först men till slut sa jag:

"Du...vad du nu heter...hur visste du att jag skulle komma?"

Jag såg hur hon log med hela ansiktet så att tillochmed öronen rörde lite på sig under lockarna.

Sen sa hon långsamt och illmarigt:

"Du anar inte vad mycket jag vet..."

Sen gick hon iväg med sin lite kobenta stil och satte sig på trappstenen utanför ytterdörren. Jag följde efter och stod bredvid henne som ett fån. Jag såg att hon hade spräckt nageln på ena stortån.

Hon stirrade in i tallskogen och tuggade lite på underläppen och sa:

"Vet du vad, jag tror att jag ska tala om allt möjligt för dig. Men inte förrän i morgon så du måste komma tillbaks då. Fast nu ska du gå hem."

"Jaha", sa jag. Och sen:

"Men du då, var bor du?"

"Jag bor ju här ju."

"Det kan du väl inte göra? I ett gammalt ödehus?"

"Det är inte äldre än det som du och din mormor bor i, och eftersom jag bor här så är det inte öde heller."

Jag fick liksom svindel när hon sa det där om min mormor - vacklade faktiskt till och ramlade ner från trappan:

"Men", sa jag, "hur vet du..."

"Imorgon", sa hon och vinkade försmädligt åt mig. Och jag kom inte på nåt annat än att göra som hon sa. Jag gick hem

På kvällen satt min mormor och jag som vanligt i rummet på nedre botten och spelade kort. Det borde väl varit svårt för mig att inte säga nåt om flickan som flyttat in i det gamla ödehuset i skogen, men utan att veta varför hade jag ingen riktig lust. Dels visste jag inte om hon hade velat det och dels skulle min mormor säkert bli orolig för henne. Gamla människor tror ibland att barn är alldeles hjälplösa.

Allteftersom kvällen led började jag dessutom undra om det kanske inte var nånting jag hittat på själv. Det verkade så otroligt alltihop.

"Vad tänker du på?" undrade mormor när jag för fjärde gången gav henne för många kort.

"Ingenting", sa jag, "bara att det är väldigt mörkt ute. Jag undrar om det kommer att bli regn."

"Jag tror inte det men hoppas nästan. Det är så skönt att gå och lägga sej då, med alla filtar och elden som sprakar i kakelugnen. Nu är det din tur, på hjärter."

Och kanske hade jag bara dåligt samvete för att jag lämnat henne där ensam ute i skogen, men när jag var ute och kissade i syrenbuskaget innan jag gick och lade mig så var jag plötsligt helt säker på att hon inte fanns. Jag stod där och hörde hur vinden prasslade lätt i träden och hur igelkottarna fnös i häckarna, och jag sa till mig själv:

"En tjej som inte vet vad hon heter, men en massa andra saker som hon inte borde ha en aning om – försök nu att hålla styr på fantasin!"

Ändå gick jag raka vägen ut i skogen nästa dag, utan att ens äta först. Jag hade vaknat redan när solen gick upp och legat länge och försökt komma ihåg vad det var jag drömt. Plötsligt hade det gått upp för mig att det inte var en dröm, och jag var helt säker på att jag inte fantiserat heller. Jag hade faktiskt träffat den där konstiga tjejen, och hon väntade på att jag skulle komma tillbaks. När jag gjorde det skulle hon berätta sina hemligheter.

Det var första gången jag kunde komma ihåg som jag vaknat före min mormor och jag smög på tå bort runt sängen och klädde på mig så tyst jag kunde. I den branta trappan ner till bottenvåningen klev jag försiktigt över de knarrigaste trappstegen.

Utanför var gräset vått och kallt och uppe vid källaren satte jag mig på en sten och tog på mig skorna som jag burit i handen eftersom jag fått för mig att jag hade bråttom. Sen lugnade jag ner mig.

Och strosade med ett allt bredare leende upp genom hagarna och skogen. Solen värmde redan i ryggen och jag tänkte plötsligt:

"Eulalia kanske! Jag tror jag ska fråga om jag får kalla henne Eulalia. Hon verkar lite butter och kan behöva ett glatt och fint namn."

Det syntes redan på avstånd att dörren till huset stod på glänt, men eftersom ingen syntes till gick jag fram och knackade. Och hörde hur knackningarna ekade därinne, men inget annat.

"Hallå", sa jag i springan, och sen:

"Är du vaken?"

Men hon svarade inte och jag tänkte att jag kanske kommit för tidigt, hon kanske ville sova längre. Eller om hon hunnit gå ut. Eftersom dörren stod på glänt tog jag mig för att skjuta upp den lite till och titta in, men då var det med ens som om nattens mörker föll över mig igen. Fåglarna tystnade och det blev kallt och jag kände mej ruskigt ensam. Där jag stod i hallen och tittade in i rummet såg jag inte mycket, men kunde liksom känna att hon inte var där.

Det luktade skumt och instängt. Det knarrade och viskade hemlighetsfullt från övervåningen. Det var ett elakt eller ledset och hursomhelst otäckt hus och jag ville ut. Ut i solen som var på väg upp, ut i den nya dagen och fågelkvittret. Ut i vinden som suckade vänligt i talltopparna, ut till lammen och de varma stenmurarna.

Ändå tvingade jag mig att ta ett steg in i rummet, men där blev jag stående igen. Damm och råttlort knastrade under sulorna när jag vaggade fram och tillbaks med en tilltagande yrsel. Brädan hon plockat ner från fönstret för att släppa in ljuset var tillbaks. Rummet var mörkt och tyst och tomt, och jag kände hur håren reste sig på armarna när jag hastigt sprang ut genom hallen och ytterdörren och vidare in bland enbuskarna.

Jag lomade hemåt, mer förvirrad än ledsen. "Så var det alltså", tänkte jag, "alltihop mitt eget påhitt. Vad är det för fel på mig?"

En bit ner längs stigen passerade jag grinden till den tomt som min mormor brukade kalla "Larssons". Jag visste inte vem Larsson hade varit, och huset där Larsson hade bott en gång var bara ett hopsjunket ruckel som syrenerna långsamt höll på att svälja. På ängen intill gården klev några får omkring och ryckte i gräset. När de såg mig kom de fram och stack ut fårskallarna genom stängslet så jag stannade och matade dem. En stor ilsken gumse puffade mig på handen men de flesta ville bara äta.

Plötsligt for en tanke genom mig och försvann igen innan jag fick tag i den och jag vände mig förvånad om som om jag skulle kunna få syn på den. Vad var det jag hade tänkt?

Jag slutade mata lammen och koncentrerade mig så hårt jag kunde. Och då såg jag tanken igen och nu kunde jag hålla i den, och visste vad jag glömt. Jag slängde gräset över stängslet och sprang allt vad jag orkade tillbaks genom skogen upp mot huset. Jag sprang hela vägen in i huset för att inte hinna ångra mig och stannade inte förrän jag rundat den öppna spisen i rummet och stod vid tröskeln in till det lilla köket.

Och där, på en rostig plåt på bänken intill ugnen, låg Eulalias brända kaka!

Det dröjde säkert en timme innan hon dök upp. Jag satt uppflugen på muren ett stycke bakom huset och petade mig mellan tårna när jag plötsligt hörde henne bakom ryggen:

"Du är också bra på att inte vända dig om!"

Jag vände mej förstås om i ett huj och såg henne stå där med händerna på höfterna och det bredaste av alla sina leenden i det roliga ansiktet.

"Hej, men jag hörde dig inte", sa jag.

"Nä, det förstås", sa hon och klättrade över muren och satte sej bredvid mig med de nakna fötterna utsträckta i luften.

"Jag kom för en stund sen", sa jag, "men du var inte inne så jag satte mig här."

"Jag vet", sa hon. Hon log fortfarande men inte lika stort och hon tittade inte på mig.

"Du är lite lustig", försökte jag försiktigt.

"Jag vet det också", sa hon. "Jag försöker att låta bli men det är svårt."

Jag funderade lite på detta innan jag bytte ämne:

"Brukar du ofta komma hit till ön?"

"Ja", sa hon, "egentligen är jag nog alltid här."

Jag var tvungen att fundera lite över detta också.

"Men...varför har jag aldrig sett dig förut?"

"Inte vet jag, du ser väl dåligt."

Och där blev det tyst igen. Jag förstod inte varför hon skulle vara så butter och hemlig, och nu hade jag bara en sak kvar att säga också. Men jag tyckte det var lika bra att säga den med en gång:

"Du, jag har hittat på ett namn åt dig."

Hon reste sig och tog ett par steg ut på gräset så att hon skrämde upp några får som lagt sig ner i skuggan bakom en tall, och sedan vände hon sig tvärt mot mig så att klänningen fladdrade.

"Jag vågar knappt höra", viskande hon, "är det sant, ska jag få ett namn?"

"Om du vill", sa jag.

"Säg inget än...är det långt eller kort? Är det ett bra namn att skrika, är det ett bra namn att viska? Kan man rida på det, kan man mata det? Är det ett liksom långsamt och gnolande namn eller ett snabbt och ettrigt? Kan man säga det baklänges? Går det att suga på utan att det tar slut?"

"Eulalia", sa jag. Mest för att få tyst på henne.

Hon stelnade till och blev stående några sekunder framåtlutad och med ena armen halvvägs upp i luften. Hon blundade som om hon tänkte. Sen satte hon sig platt ner på marken och sa:

"Det är nog det finaste namn jag har hört nån gång."

"Är det säkert?"

"Det är kanske det säkraste jag har sagt nån gång."

"Jag kom på det när jag gick hit."

"Vad du är snäll! Vad jag är glad!"

"Jag tänkte att du verkade lite ledsen för att du inte hette nånting, och sen tänkte jag att Eulalia är ju ett ganska kul namn."

"Vet du vad?"

"Vaddå?"

"Jag känner mig precis som en Eulalia."

Hon sprattlade lite med fötterna igen ovanför marken och vände ansiktet mot himlen och ropade:

"Mamma! Pappa! Jag heter Eulalia!"

"Vad gör du?" sa jag.

"Jag bara tänkte att de skulle veta."

"Kan de höra dig då?"

"Jadå, de kan alltid höra, precis som jag. Egentligen behöver jag inte skrika men jag gör det ändå ibland för att det känns så skönt."

"Du är verkligen den underligaste typ jag träffat", sa jag.

"Men du", sa hon.

"Ja vaddå?" sa jag.

"Nu heter jag iallafall nåt!"

Jo, nu hette hon ju iallafall nånting. Jag var glad att hon tyckt om namnet jag kommit på, även om det inte var nåt alldeles nytt namn.

Vi var tillsammans nästan hela den dagen. Jag gick bara hem för att äta middag och för att se till att inte min mormor blev orolig, men det tog ingen lång stund. Sedan sprang jag ut längs fårstigarna och Gröna Gatan för att fortsätta fråga Eulalia saker. Hon gav så konstiga svar ibland att man bara ville veta ännu mer.

"Varför bor du inte med dina föräldrar?"

"Därför att vinden aldrig kan stanna. Om vinden stannar så dör den. Den måste fortsätta bort hela tiden även om den trivs på ett ställe. Om den inte gjorde det skulle den bli tvungen att virvla runt och runt tills den blev alldeles yr och tills folk blev trötta på den och flyttade sin väg."

"Vad har vinden med dina föräldrar att göra?"

"Vinden är min pappa."

"Jaha", sa jag och funderade faktiskt över om det kunde vara så. Kunde en tjej som såg ut mest som andra tjejer ha en pappa som var en vind? Jag hade inte hört talas om det förut men varför inte. Jag vet inte hur mycket jag egentligen trodde på det som Eulalia berättade om olika saker men det var klart att hon snabbt fått mig att iallafall börja föreställa mej saker som jag aldrig föreställt mig förut.

"Din mamma då", frågade jag, "var är hon?"

"Hon blåste bort ganska snart efter att hon fött mig."

"Är hon också vind?"

"Nä", sa hon och satte sig upp och gav mej en tveksam blick. Plötsligt såg hon ledsen ut igen, precis som hon gjort när jag först frågade vad hon hette. Hon vred på huvudet lite fram och tillbaks och plockade upp en liten sten från marken och lät den studsa upp och ner i handen.

"Nä", sa hon en gång till, "min mamma är en doft av hav och solsken som ständigt dansar runt med min pappa utan att kunna slå sig ner."

Hon gav mej en snabb blick igen som för att se om jag trodde henne men nu var jag så upptagen med att föreställa mig hennes föräldrar som susade runt i världens alla trädtoppar vid världens alla kuster att jag inte hade en tanke på att det kanske inte var sant.

"Men", sa hon, "ibland hälsar de på i förbifarten. Jag tror det i alla fall... Och skulle jag sakna dem alldeles väldiga så går jag bara ner till närmsta strand och vinkar!"

Lite senare satt vi uppe vid lambgiftet på vallen. Ett lambgift är ett litet hus av trä med långt tjockt gräs på taket som finns för att fåren ska ha nånstans att gå in och värma sig på vintern. När det ligger snö på marken så att lammen inte kan hitta nåt att äta så lägger bönderna ut torrt hö åt dem i lambgiften. Vi lutade oss mot väggen på solsidan och tittade på en stor trut som seglade på vinden ovanför talltopparna.

"Jag kan också flyga", sa Eulalia.

"Nu ljuger du", sa jag.

"Ja", sa hon och fnissade, "nu ljög jag." Hon boxade mig lätt på axeln och tillade:

"Jag ville bara se om du kunde skilja på när jag ljuger och när jag inte gör det." Jag sa:

"Din pappa kanske är en vind och din mamma kanske är en doft av sol och hav, men du är iallafall en människa och såna kan inte flyga."

"Du har rätt", sa hon, "men de kanske kan lära sig!"

Sen berättade hon för mig om hur hon brukade drömma att hon sprang nerför en grässlänt som blev brantare och brantare tills hon hade så hög fart att hon föll framåt ut i luften - och flög! I drömmen blev hon inte ens förvånad när hon seglade ut över dalen för att vara med sina föräldrar, och hon trodde att det kanske var därför som hon faktiskt skulle kunna lära sej.

"Om man verkligen tror att man ska kunna lyfta så kan man det", sa hon. "Problemet är att när man är vaken så vet man att det inte går. Man får sitta kvar på backen och titta på fåglarna...men det är inte så dumt det heller!"

"Nä", sa jag. Jag kom inte på nåt mer att säga men det verkade inte behövas heller. Vi satt där på backen och lutade oss mot lambgiftet och tittade på fåglarna.

Eulalia sa att hon ville vara ifred nästa dag eftersom hon hade nånting hon måste göra, så jag stannade hemma och hjälpte min mormor att vattna buskarna som hade börjat torka i solen. Man fick bära hinkarna för hand från pumpen och blev ganska svettig.

Efter att vi ätit lunch cyklade vi upp till kyrkan som låg mitt på ön för att vattna blommorna på graven där hennes mamma och pappa låg, och sen satt vi en stund på stranden nedanför kyrkan. Där fanns det alltid en massa fåglar men de flög inte gärna utan hoppade hellre omkring i vattenbrynet och petade med näbbarna mellan stenarna efter småkryp och annat godis. Mormor berättade om morfar:

"Han kunde verkligen flyga din morfar", sa hon, "ibland kom han svischande ner mot backen så att man trodde han skulle krascha innan han vände planet uppåt igen och försvann bland molnen med ett rungande skratt."

"Vad var det för plan?"

"Ja, i början var det ett sånt där gammalt plan med dubbla vingpar och inget tak över förarkabinen. Han blev alldeles vild så fort han kom upp i luften - flög på sidan och uppochner och i långa loopar så att man var tvungen att gå inomhus och försöka tänka på nåt annat..."

"Kan du också flyga, mormor?"

"Hörrudu jag vet faktiskt inte", sa hon och log finurligt, "det var så länge sen jag försökte."

Om kvällen låg jag under de tunga täckena i sängen igen och tittade på elden som knastrade och pep i kakelugnen. Man kunde höra hur vinden tryckte mot rutorna i fönstret bakom gardinen och jag hade en varmvattenflaska i fotänden av sängen för att värma tårna.

Min mormor satt upp i sängen på andra sidan rummet och löste korsord, och jag tänkte på Eulalia ute i det omöblerade huset i skogen. Hur kom det sig att hon ville bo där? Hur länge tänkte hon göra det? Hade hon nånting att äta? Varför städade hon inte åtminstone? Var hade hon bott förut? Måste hon inte gå i skolan? Jag hade fortfarande så många frågor att ställa, och ändå var jag inte orolig för det var nåt med Eulalia som gjorde mig lugn.

Hon var inte rädd, hade hon sagt, eftersom hon klämt och tummat och killat så mycket på rädslan att den tröttnat på henne...

Jag flyttade mig ännu längre ner i sängen så att både hakan och näsan försvann under täcket, och funderade på om man verkligen kunde klämma och fingra bort en rädsla. Och jag blundade och kände värmen från kakelugnen komma smygande och lägga sig mot pannan. Jag var trött och hade svårt att hålla reda på tankarna, och plötsligt tyckte jag att jag såg Eulalia inne i huvudet! Hon stod rak i ryggen och höll händerna mot sidorna och det rufsiga håret slingrade sig över ansiktet med den lite sneda näsan. Hon såg smååarg ut.

"Hallå där", sa hon, "dags att tryna in! Tänk inte ut en massa dumma frågor nu när det kunde räcka med ett par stycken..." Sen log hon brett och vinkade: "Vi ses i morgon och då ska vi berätta en del saker för varann."

Jag satte mig upp i sängen och blinkade och gnuggade mej i ögonen med knogarna och hon var borta. Allt jag kunde se var mina egna tankar som for fram och tillbaks och snodde in sig runt varann så att man inte kunde se vad de egentligen föreställde. Min mormor gav mig en blick och sa:

"Har Jon Blund sandat för mycket?"

När jag kom springande genom morgonen på väg mot skogen så satt Eulalia redan och väntade på mig utanför grinden. Hon hade satt upp håret i en hästsvans men klänningen var desamma och hon lutade sig mot en tall. Omkring henne låg några får och dåsade och det såg konstigt ut eftersom de brukar hålla sig undan från folk.

"Är det dags att vakna nu?" sa hon. "Jag har suttit här sen solen gick upp."

"Det här är jättetidigt för mig", sa jag, "jag brukar sova flera timmar till."

"Jag vet", sa hon, "det är skönt att sova...men ibland kan jag vakna mitt i natten och undra varför jag ligger där när alla stjärnorna lyser och månen sjunger för full hals och ugglorna hoar takten i bakgrunden. Då är jag tvungen att klä på mig och gå ut."

"Gjorde du det i natt?"

"Ja... Jag tränade på att flyga hela dan igår och det gick så bra att jag inte kunde koppla av när det blev mörkt. Jag bara låg där och tänkte på hur gärna jag skulle vilja flyga ut i natten och känna den svala luften mot smalbenen. Säkert skulle jag ha träffat nån vind som kände min pappa och som visste var han och mamma höll hus."

"Vad säger du? Tränade du på att flyga?"

"Javisst! Hela dan!"

"Och det gick bra?"

"Bra och bra... Jag kan inte styra än och vågar inte flyga särskilt högt, och dessutom kan jag inte bära på nånting för då blir jag alldeles för tung..."

"Men du lämnar marken?"

"Visst förstår du! Är det inte fantastiskt?"

Vi gick ner till stranden sen och Eulalia pratade på hela vägen om hur härligt det var att flyga. Hon sa att hon bara behövde lära sig att styra så att hon vågade sig upp ovanför trädtopparna där vindarna kunde få fatt i henne.

Jag visste som vanligt inte riktigt vad jag skulle säga. När jag frågade om jag fick titta på så sa hon att hon ville vänta tills hon blivit duktigare. Jag tänkte att det skulle bli det allra mest fantastiska jag sett. Och tänk om hon kunde lära mig...

"Eulalia", sa jag, "tror du att jag också kan lära mig att flyga?"

Hon skuttade iväg ett par steg och synade mig ordentligt uppifrån och ned.

"Jaa..." sa hon, "det är jag helt säker på. Fast på ditt eget sätt, förstås. Vi är väldigt olika du och jag så jag tror inte att jag kan lära dig."

"Nähä", sa jag och kände mig ganska nerslagen. För vem skulle lära mig om inte hon ville, jag kände ju ingen annan som kunde flyga.

"Tjura inte nu", sa hon och kittlade mig under armarna så att jag måste slå mej loss, "det är klart att du kommer att lära dig flyga så småningom. Det enda som egentligen behövs är att du vill ordentligt, och att du aldrig slutar vilja."

"Men hur länge måste man vilja då?"

"Tja", sa hon, "det handlar nog mest om hur mycket."

"Men hur mycket måste man vilja då?"

Hon stannade på stigen och tog mig i handen och stirrade mig stint i ögonen med sin näsa mot min näsa. Hennes röst var plötsligt allvarlig och lite hes:

"Så mycket att man tappar andan när man tittar på molntussarna som seglar däruppe!"

Det var inte särskilt långt ner till stranden och snart hoppade vi mellan stenarna i vattenbrynet. Eulalia var som vanligt barfota och jag hade stoppat ner strumporna i skorna som jag höll i handen. Ibland trampade jag fel och dumpade ner i vattnet som var ganska kallt, men det var ju också därför jag tagit av mig skorna. Bottnen var slemmig och mjuk av rutten tång och ibland kunde man råka trampa på nån liten plattfisk som trott att han skulle få ligga ifred. Då pilade den snabbt iväg med ett fladdrande som kittlade under foten.

När vi gått en stund tyckte Eulalia att det var dags att bada. Hon klädde av sig på stranden och sprang ut och dök ner under ytan och var försvunnen en lång stund. Solen hade inte varit uppe så länge och jag kände mig egentligen frusen men vadade iallafall efter. Och när man väl doppat sig blev det snabbt bättre - vi simmade omkring som två bleka ålar under vattnet en lång stund, höll andan och petade i bottnen efter gömda skatter. Fast vi hittade förstås inga.

"Nå", sa jag sen när vi satt och huttrade på varsin sten och väntade på att solen och vinden skulle torka oss så att vi kunde klä på oss igen.

"Vaddå nå?" sa Eulalia

"Du var inne i huvet på mig igår kväll när jag skulle sova, eller hur?"

"Jasså det..."

"Vad har du där att göra?"

"Äh, jag tänkte bara kolla lite vad du funderade på. Och sen tyckte jag att det var så mycket dumheter så jag var tvungen att säga till."

"Det är inte snällt att lyssna på andra människors tankar."

"Oroa dej inte, jag sållar bort sånt som inte angår mej."

"Men ändå..."

"Jag vet, jag är förfärlig!"

Hon ställde sig upp och drog på sig kläderna och jag gjorde detsamma. Sen satte vi oss igen och tittade ut över sundet. Långt där ute låg en eka och drog nät, och ännu längre bort såg man färjan som gav sig av från vår ö mot Storön. Det började bli riktigt varmt.

Vi gick hela vägen ut till gattet där man kunde titta ut över havet ordentligt. Det blåste nästan alltid där och de få träd som vågat sig dit var alldeles krumma. Stranden bestod bara av blankslipad klappersten som var lite svår att gå i så vi satte oss igen. Det var ganska nära fyren som låg på en liten holme för sig själv och jag berättade för Eulalia att man kunde vada över dit när det var lågvatten.

"Snart kan jag flyga över", sa hon och räckte ut tungan åt mig. Jag räckte förstås ut min åt henne också, och sen flinade vi bägge två.

"Var tror du att dina föräldrar är nu?" frågade jag.

"Ingen aning", sa hon, "och om jag visste det skulle det ju ändå snart inte stämma längre. De kanske slår i nån vimpel på Tahiti eller så piskar de upp vågor utanför Hebriderna. Om de inte röjer i nån vassrugg här i närheten..."

"Är du ledsen för att de lämnat dig ensam?"

"Inte egentligen, för de hade inget val. Jag antar att det var meningen att jag också skulle bli en vind så att jag kunde blåsa omkring med dem, men så blev jag en liten människa. Nu måste jag själv lära mej sånt som vindar ska kunna, men det är ganska kul! Och så vet jag ju redan en massa saker som bara vindar borde veta..."

"Vaddå för nåt?"

"Tja, hur man viner riktigt ruggigt till exempel - vill du höra?"

"Ja!"

Och så lutade hon sig bakåt och drog ett djupt andetag innan hon tjöt som den värsta orkan rakt ut i luften. Det verkade nästan som om vindarna där ute på udden blev rädda för det vart helt stiltje i några sekunder innan jag fick henne att sluta.

"Det är bra", sa jag, "du kan sluta nu!"

Hon sa:

"Jag kommer att bli en bra storm va?"

Jag sa:

"Ruggig."

”Vad vet du mer som bara vindar vet”, frågade jag och hoppades att det skulle vara nåt lite lugnare.

”Ja du, jag vet inte var jag ska börja... Jag vet hur man går in i huvudet på små pojkar som ska till att sova, och jag vet vad väderstrecken brukar göra när de träffas. Jag förstår vad månen säger, när den nu säger nåt, och eftersom jag aldrig är på väg nån särskild stans så kan jag aldrig gå vilse. Jag vet hur man gör vitt skum av blått vatten, och torrt damm av våt jord. Dessutom har jag så mycket vind inuti mig att jag kan hålla andan i en halvtimme!”

”Är det allt?” frågade jag henne för att retas.

”Nä”, sa hon, ”det är bara början. Men jag berättar inte mer för nu ska du få tala om saker för mig.”

”Vad kan jag ha att tala om för dig?” sa jag och blev lite orolig.

”Hmm”, sa hon och blinkade med ena ögat, ”nåt ska vi nog komma på.”

Hon flyttade sig lite på marken så att hon kom att sitta mitt emot mig. Vi satt med benen i kors bägge två och hennes knäskålar snuddade vid mina. Jag såg över axeln på henne hur en stor båt skar snett genom vattnet långt ute till havs och tänkte att det kanske var nån av Eulalias starkare släktingar som puffade på i seglet.

 Hon sträckte på halsen lite så att jag skulle se på henne istället, och frågade försiktigt:

"Det här med mammor och pappor", sa hon, "vad har man dem till egentligen?"

"Hur menar du?"

"Jo alltså, är det nåt speciellt jag behöver veta om jag skulle hitta min mamma och pappa? Vad gör man med dem, liksom? Vad är de bra för?"

"Det vet du väl", sa jag.

"Nja, jag är inte säker. Det är klart att jag längtar efter dem, men jag vet inte riktigt varför. Tänk om de är jättetråkiga."

"Alla föräldrar är jättetråkiga", sa jag, "iallafall för det mesta. Men om det är bra föräldrar så vet de om det, och rätt som det är kommer de och killar en på magen och säger 'Kilimanjaro!'."

"Ååh", stönade Eulalia, "det skulle jag tycka om... När jag tänker efter har jag nog alltid önskat mig nån som kan göra det."

"Det är ganska mysigt", sa jag.

"Du, snälla du", sa Eulalia, "kan inte du killa mig på magen och säga 'Kilimanjaro!'?"

"Kan jag väl göra."

Jag killade henne tills hon trillade baklänges och kiknade och sen slutade jag och hon satte sej upp igen, alldeles röd i ansiktet. Hon såg glad ut.

"Jaha", sa hon, "det räcker nästan för att jag ska vilja hitta mina föräldrar, men säg nåt mer i alla fall. Vad är de bra till?"

"Jo", sa jag, "de kan laga mat till en och köra en om man ska nånstans, och så..."

"Nej nej nej", sa Eulalia, "jag menar inte sånt som vem som helst kan göra. Det måste ju finnas nåt speciellt som bara mammor och pappor kan."

"Jag vet inte riktigt", sa jag.

"Tänk efter", sa Eulalia.

Jag såg mej omkring och försökte komma på nåt att säga som Eulalia skulle ha sagt om hon varit jag, men det var ju inte lätt. Jag kände ju inte hennes mamma och pappa heller, tänk om hon hittade dem och det visade sig att de inte var nåt vidare. Så här sa jag till slut:

"Jag tror att mammor och pappor finns för att det alltid ska finnas nån som tycker om en. Det borde i alla fall vara så."

Eulalia såg häpen ut:

"Nån som alltid tycker om en?"

"Ja", sa jag.

"Det låter ju inte riktigt klokt", sa hon.

Sen sa hon inget mer på väldigt länge. Vi började gå tillbaks längs med stranden och jag hittade en del fina pinnar som flutit iland för länge sen, och tillochmed ett litet förstenat djur som inte levat på flera miljoner år. Jag visade det för Eulalia men hon bara nickade och stannade kvar i sina egna tankar.

Jag hade aldrig träffat nån som kunde se så butter ut när hon tänkte. Hela ansiktet rynkades ihop och de svarta ögonbrynen ställde sig på tvären. Och sen plötsligt släppte hon iväg tankarna och var glad och retsam igen.

"Dina föräldrar kan inte flyga", sa hon och gjorde lång näsa där hon sprang iväg uppåt skogen.

"Nä, men min morfar kunde", sa jag och sprang efter.

"Jag vet, jag tror han kände min morfar."

"Är det sant?" sa jag.

"Nä", sa Eulalia.

Vi gick igenom ett skogsparti och kom ut på en hed jag aldrig sett förut. Vi var ganska långt hemifrån nu.

Långt borta i fjärran kunde man se en gammal bondgård men det gick inte att säga om det fortfarande bodde nån där. Bakom en stenmur gick några tjurar och blängde och jag drog iväg Eulalia åt andra hållet. Vi kröp under ett rostigt stängsel och stångade oss emellan ett par enbuskar och kom ut på en annan hed. Jag kände fortfarande inte igen mig men det kändes som rätt håll och det skulle åtminstone vara ljust i många timmar till.

"Vet du var vi är?" frågade jag Eulalia. Hon tittade på mig som om hon först inte förstod vad jag menade. Sen sa hon:

"Har jag inte sagt att jag aldrig kan gå vilse?"

"Jo", sa jag, "men det är ju bara för att du aldrig ska nån särskild stans. Men jag måste snart hem."

Hon log med hela ansiktet igen:

"Du tänker väl inte börja grina va?"

"Vad skulle jag göra det för? Jag vill bara inte att min mormor ska få för sig att jag kommit bort."

"Förlåt", sa Eulalia, "jag ska känna efter." Hon klättrade upp på en sten och såg sej omkring, och sen kom hon ner igen.

"Jag tror att det är åt nåt av de här hållen", sa hon tveksamt och kliade sig i huvudet.

"Det var ju en stor hjälp", sa jag. Jag började gå över heden och hon lunkade efter. Vi gick ganska länge på det viset, som i led, men sen kom hon upp bredvid mig och sa:

"Vill du inte fråga mig om nånting annat?" Jag förstod att hon var ledsen för att hon inte kunnat tala om vilken väg vi skulle gå, så jag försökte komma på nåt att fråga henne.

"Du kan fråga precis vad du vill", sa hon, "jag tror jag vet nästan allt."

"Okej", sa jag, "det finns nåt som jag alltid funderat över."

"Vart man tar vägen när man dör, menar du?", sa Eulalia. Jag förstod att hon varit inne och läst mina tankar igen.

"Ja", sa jag.

"När man dör blir man tillexempel en stjärna på himlen."

Jag blev lite besviken eftersom jag hade hört folk säga samma sak tidigare, och eftersom jag hade ganska svårt att tro på det. Men jag försökte att inte visa nåt:

"Det tror jag att jag hört nån säga förut."

"Då hörde du rätt".

"Men", sa jag, "är det nåt kul då? Då är det väl roligare att vara människa? Är det inte kallt där uppe?"

"Bara om natten, men då lyser man ju. Man blir varm av att lysa."

"Var är man på dan då?"

"Då vilar man, eller solar, eller påtar i sin trädgård."

"Har stjärnorna trädgårdar?"

"Det är klart."

"Hur kommer det sig att du vet sånt här som ingen annan vet?"

"Jag bara vet", sa hon. Jag suckade och stannade och la handen på hennes axel:

"Och hur kommer det sig att första gången nånsin som jag går vilse här på ön så är det med dig?"

Nu stannade hon och la handen på min axel också och sa:

"Det kanske är för att du ska lära dig nåt."

"Vad skulle det vara?"

"Tja...kanske att man egentligen alltid är ganska vilse, och att man missar en rätt mysig känsla om man inte låtsas om det."

Jag skakade på huvudet och började gå igen.

"Eulalia", sa jag, "du är knäpp!"

På andra sidan heden kom vi fram till en torr lerväg som jag kände igen. Det var en del av Gröna Gatan och jag hade cyklat där massor av gånger.

"Känns det bättre nu?" frågade Eulalia. Jag visste att hon retades, men förstod också att hon försökte säga nånting. Jag kunde bara inte komma på vad det var.

"Jag tycker inte om att inte veta var jag är", sa jag.

"Jag har förstått det", sa Eulalia.

"Jag tror det gäller för de flesta människor", sa jag.

"Ja", sa hon, "jag är ju bara en tjej till hälften gjord av vind och väder...men jag tycker ändå det verkar knasigt. Om jag alltid visste var jag var och vart jag var på väg så tror jag att jag bara skulle sätta mig ner och skrika tills nån tog hand om mig och flyttade mig till ett ställe jag inte kände igen. Men som tur är kan jag gå vilse själv, än så länge."

Jag tittade på henne en lång stund och funderade. Sen sa jag:

"Nån gång ska jag prova, Eulalia. Sen, när jag blir lite större."

Det började snart växa gräs på den torra leran och stigen klättrade från det öppna fältet in i skogen. Vi närmade oss en av de många gamla grindarna längs Gröna Gatan och gick förbi ett av mina bästa smultronställen. Jag undrade om jag borde berätta om det för Eulalia, men sen tänkte jag att man har rätt att hålla sina smultronställen hemliga också för sina bästa vänner. Och det skulle ändå inte finnas några smultron än på flera veckor.

På ena sidan av stigen sluttade en äng upp över åsen. Det gick inga får där och gräset hade fått växa högt och mjukt och blåklockorna och blåelden gjorde att man nästan ville dyka ner i ängen för att svalka sig...

"Jag tror att jag ska stanna här ett tag och träna", sa Eulalia. Det tog nån sekund innan jag förstod vad hon menade.

"Ska du flyga? Nu? Får jag titta?"

"Nä, jag tror inte jag kan om nån tittar på. Jag måste vara ensam med rädd-heten om jag ska få den att sova."

"Okej", sa jag, "jag måste nog ändå hem nu. Jag börjar bli hungrig. Lycka till!"

Eulalia vinkade och sprang iväg uppför kullen och jag ropade efter henne:

"Är det säkert att du inte vill följa med och äta nåt?"

Hon stannade och vände sig om:

"Vindflickor blir inte hungriga så ofta men tack i alla fall. Om träningen går bra så kanske jag kommer och flyger förbi ditt sovrumsfönster ikväll."

"Gör inte det, Eulalia, min mormor kan bli så rädd att hon aldrig vågar titta ut genom ett fönster igen."

Eulalia flinade:

"Jag tror din mormor förstår sig på flygfän bättre än du tror. Gå hem nu!"

Och jag gick. I slutet av backen klättrade jag över grinden och sen sprang jag. Det började bli kallt i skuggan och jag var verkligen hungrig nu.

Min mormor och jag åt soppa vid det stora bordet i matsalen där döda släktingar tittade på oss från sina fotografier på väggarna. Det kändes underligare än vanligt.

Sen lyssnade vi på radio och spelade kort och pratade om lite av varje. Jag frågade henne om hon nånsin gått vilse på ön.

"En enda gång", sa hon, "och det var inte ens så länge sen. Jag var ute och gick i skogen och tänkte på nånting och plötsligt visste jag inte var jag var. Jag bara gick och gick utan att känna igen mig, och sen fick jag syn på ett hus bortanför en väldig äng. Jag trodde inte att jag sett vare sig huset eller ängen förut och det kändes väldigt otäckt eftersom jag sprungit omkring här i över sjutti somrar. Men jag klättrade över en gärdsgård och gick över ängen och när jag kom fram till huset såg jag att det var Ohlssons, vår närmaste granne!"

"Det är ju bara ett par hundra meter härifrån."

"Visst förstår du, men jag har nog inte sett det huset från baksidan sen jag var liten flicka och brukade leka att jag var en föräldralös vind som susade omkring uppe på åsen där. Hur som helst, när jag väl förstod var jag var så kunde jag inte låta bli att skratta. Och jag tänkte att det var tur ändå att jag gick vilse så att jag kunde få skratta så gott sen. Dessutom var det ganska spännande."

"Vad sa du?" sa jag.

"Vilket då?"

"Vad sa du att du brukade leka när du var liten?"

"Att jag var en vind menar du? Jo, jag lekte att jag var en vind fångad inuti en liten flicka. Och för att kunna flyga iväg och leta reda på mina föräldrar som förstås också var vindar så var jag tvungen att lära mej flyga. Det kunde jag hålla på med en hel sommar."

Jag såg på min mormor och kände hur jag blev alldeles yr när jag försökte föreställa mig hur hon sett ut som liten, innan hon växte upp och la på hullet, och innan håret blivit grått. Jag blev yr eftersom det jag såg framför mig var Eulalia.

"Hur är det med dig?" frågade hon.

"Jag tror jag måste gå och lägga mig nu", sa jag.

Jag sov inte mycket den natten men låg länge och lyssnade på min mormor som snarkade på andra sidan rummet, och på en syrenkvist som knackade mot rutan ibland. Jag hade alla möjliga tankar.

Kunde det vara så, tänkte jag, att min mormor och Eulalia kände varann fast ingen av dem sagt nåt? Försökte de skoja med mig, eller var det bara en slump att min mormor lekte att hon var Eulalia sextio eller sjutti år innan Eulalia ens fanns? Kunde det finnas två stycken av samma människa - en som var åtta eller nio år och en som var uppåt åtti? Fanns det nån annan förklaring?

Jag kunde inte få nån ordning på nånting, men till slut gick i alla fall yrseln över och jag kände bara hur mycket jag tyckte om min mormor för att hon lekt att hon var en vindflicka när hon var liten. Och jag hoppades verkligen att Eulalia skulle lära sig att flyga, så att hon en dag fick träffa sin mamma och sin pappa igen.

Jag kunde inte hitta henne nästa dag, fast jag gick omkring ute vid ödehuset i ett par timmar på morgonen och nästan lika länge efter lunch. Dörren till huset var stängd och det låg en fårtacka med två lamm och vilade i skuggan bakom trappan. Jag ville inte störa dem så jag bultade på de förspikade fönstren och sen satt jag på en sten vid det raserade huset på andra sidan vägen men hon dök aldrig upp. Jag kunde inte ens höra vinden vina.

Istället tillbringade jag kvällen hemma på gården - klättrade upp på logen där bonden tagit hand om sitt hö så att jag kunde träna boxning där uppe med en gammal soffkudde som jag hängt i ett rep runt en av tvärbjälkarna i taket. Sen stod jag uppe vid grinden och lekte med den nötta läderkulan. Ibland kunde jag hålla den i luften i en kvart eller i tjugo minuter, men nu gick det inget vidare - förmodligen eftersom jag inte kunde låta bli att snegla ut i hagen efter Eulalia.

När det blev mörkt gick jag in och satt med mormor framför den sprakande elden i kakelugnen. Vi spelade Kina-schack och hon vann hela tiden. Jag tittade i smyg på hennes lite sneda näsa och den vita locken som hela tiden föll ner över ena ögat så att hon fick pilla tillbaks den bakom örat med handen.

Den natten var jag så trött att jag faktiskt somnade ganska fort. Sen drömde jag om när mormor var liten och sprang omkring uppe på åsen ute i skogen och lekte att hon var en vind som fångats i en flicka. Hon svischade och tjöt med armarna utfällda som vingar när hon sprang mellan tallarna utför backen för att ta fart. Sen snubblade hon och föll, och flög flera meter. När hon landade stukade hon näsan mot marken och tillochmed framtänderna fick sig en elak törn.

När jag vaknade och satte mig upp med ett ryck var det fortfarande svart i rummet, och jag var alldeles svettig. Jag vek undan de tunga täckena och satte fötterna mot de kalla golvbrädorna. Jag satt så tills jag började frysa, då tassade jag genom mörkret och kröp ner hos min mormor som jag inte gjort på flera år. Sen låg jag bakom ryggen på henne och hörde hur hon snarkade, och hur husbockarna knaprade i väggen.

Jag hittade henne inte nästa dag heller. Det dröjde faktiskt nästan en vecka innan vi sågs, och då var det bara för att hon plötsligt dök upp på gården. Solen höll på att gå ner över tallskogen bortanför grinden och jag stod och högg ved utanför vedboden. Jag kände mig ensam och lite övergiven och behövde göra nånting för att inte fundera för mycket över tjejer som lekte att de visste alla möjliga märkligheter bara för att rätt som det var försvinna utan ett sus. Då tittade hon fram ur ett buskage strax intill.

"Hej..." sa jag och tappade nästan yxan av överraskningen.

"Du", sa hon, "du är för liten för att hugga ved."

"Ja", sa jag, "det skulle min pappa också säga."

"Jag vet det", sa hon och skrattade, "men det går bra va?"

"Än så länge har jag fingrarna kvar. Men var har du varit, Eulalia? Jag har tittat efter dig varenda dag."

"Inte tillräckligt noga, kanske."

"Jag vet inte", sa jag, "hur noga måste man titta efter dig?"

"Ja, det räcker i alla fall inte med en snabbglutt mellan brädorna för fönstren. Och inte räcker det att snurra runt en stund vid huset som om jag inte hade annat för mig än att hänga där. Om man vill se Eulalia måste man titta tills det gör ont i ögonen, tills ögonen nästan vill gråta för att de inget ser... Och numera får man nog böja nacken ordentligt bakåt."

Eulalia flinade så lyckligt att öronen rörde sig igen och jag satte yxan i hugg-kubben och tog ett steg mot henne:

"Menar du vad jag tror att du menar?" sa jag.

"Tja", sa hon och bytte flinet mot sin allra mest bekymrade min, "jag vet visserligen hur man kommer in i huvudet på små pojkar, men jag kan inte höra precis allt de tänker - särskilt inte när jag måste lyssna på vad de säger samtidigt."

"Men", sa jag, "har du lärt dig att styra? Det var det jag menade - kan du flyga nu?"

"Vet du vad", sa hon, "vi ska gå nu. Kom!"

Hon klev ut ur buskaget och tog mig i handen och drog iväg utåt hagen. Jag hann inte ens stänga dörren till vedboden.

Jag försökte förklara för Eulalia att jag snart måste gå och lägga mig men hon ville inte alls lyssna på det örat:

"Är du trött?" frågade hon.

"Nja, inte direkt", sa jag, "men min mormor..."

"Oroa dig inte", sa Eulalia, "hon vet att du är i goda händer."

Och så kom det sig att jag lät mig dras iväg in i skogen av en barfotaflicka som inte var större än jag, just som dagen dog och skuggorna uppslukades av mörkret. Eulalia höll mig fortfarande i handen och av nån underlig anledning gjorde det mig alldeles lugn fast jag egentligen var lite rädd för skogen om natten.

Vi följde stigen in under tallruskorna och ut på Gröna Gatan, och sen gick vi förbi ängen utanför huset som min mormor brukade kalla för "Larssons" fast ingen bodde där. Fåren hade lagt sig i små grupper ganska nära varandra och en och annan lyfte förvånat sitt ulliga huvud när vi tågade förbi i dunklet.

Vidare genom ett stycke skog till där det låg kvistar och vassa grenar på marken. Jag tänkte bekymrat på Eulalias nakna fötter men hon klev bara rakt fram som om hon haft kängor på sig.

Jag såg mig omkring som om det var ett helt obekant landskap - fast jag gått där så många gånger både ensam och med min mormor. Mörkret förvandlade allt, och det märkligaste var att det blev så mycket tydligare. Plötsligt kunde jag känna hur det förgångna viskade bakom buskarna, plötsligt kunde jag se hur människorna som bott här en gång rörde sig som ljudlösa eller bara lätt prasslande skuggor runt knutarna på sina hus. Tiden liksom krympte ihop så att man kunde se den, och jag tyckte om det.

Jag tittade på den både sorgsna och kavata varelsen som höll mig i handen och tänkte att hon fick mig att känna mig både stor och liten på samma gång.

När Eulalia sen släppte min hand för att klättra över det första stängslet började jag också ana vart vi var på väg.

Hon bökade iväg in mellan enarna och jag bökade efter. Sen gick vi längs med åsen bort till den gamla vikingagraven, precis som jag gjort med min mormor.

"Du känner väl till det här stället?" sa Eulalia och slog sig ner på marken intill den stora bumlingen i ena änden av den stensatta båten.

"Ja", sa jag och satte mig bredvid henne.

"Men du har aldrig riktigt varit här, eller har du det?" sa hon.

"Jag är inte säker..." sa jag.

Eulalia drog upp benen i skräddarställning och såg sig omkring. Inte för att man kunde se så mycket - månen var liten och smal och spred inte mycket ljus, och solen hade hunnit försvinna helt och hållet. Det vi såg när vi tittade ut över heden nedanför åsen var bara svaga konturer av högresta buskar och gamla torra träd. Det gick nätt och jämnt att skilja skogen från himlen.

Men Eulalia vek nacken bakåt och tittade mot stjärnorna som tändes en efter en.

"Jag kanske har fel", sa hon, "men jag tror inte att man riktigt varit på ett ställe om man inte varit där tillsammans med stjärnorna... Titta, där är de allihop, alla de som bodde här före oss men som vart nöjda med det till slut och blev stjärnor istället!"

Jag anade hur Eulalia log när hon lät blicken vandra över himlavalvet som bara gnistrade och glimmade mer ju längre man tittade på det.

"Har du försökt att se hela himlen nån gång", fortsatte hon, "det går inte, hur man än tittar blir man aldrig riktigt klar!"

"Jag har inte tänkt på det", sa jag.

"Det borde du göra", sa hon, "gör det nu!"

Och jag lutade baksidan av huvudet mot stenen och lät mig bländas, lät nattens alla ljus sjunka ner i ögonen.

Hon hade rätt - det var för mycket stjärnor, det var för mycket himmel! Man kunde bara titta på en eller ett par stycken åt gången, och det var knappt att man ens klarade av det eftersom ögonen hela tiden ville kila vidare till nya stjärnor. Det var så mycket stjärnor på himlen den där natten att jag nästan undrade om det verkligen kunde ha funnits så många människor.

"Och varje stjärna har en egen trädgård?" frågade jag Eulalia.

”Ja”, sa hon, ”alla har åtminstone en egen täppa. Det är inte säkert att man får nån särskilt stor trädgård när man dör men en eller annan solros och några penséer kan man alltid få plats med.”

Eulalia stoppade handen i fickan och lyfte ut en liten groda.

”Imelda ville absolut följa med, hon älskar att titta på stjärnorna.”

”Ja”, sa jag och strök med ett finger över grodans sträva och lite fuktiga huvud, ”hon ser ut som om hon skulle kunna göra det.”

Och sen satt vi tysta en stund igen, den flygande flickan och grodan som tyckte om att titta på stjärnor och jag.

När Eulalia väl sa nånting igen så var det med den där både sorgsna och tuffa rösten som passade så bra med skogens sus och rymdens tystnad. Hon tog min hand.

”Titta”, sa hon och pekade med den andra handen strax ovanför skogsbrynet, ”ser du den lilla svaga stjärnan alldeles vid sidan av den stora och starka där ovanför den högsta tallen?”

”Ja”, sa jag fast jag inte var helt säker på vilken hon menade.

”Den heter Jörgen och var en vind tills för bara ett par dar sedan.”

Av nån anledning kunde jag inte låta bli att skratta när Eulalia sa det, för det lät så dumt. Men hon tog inte illa upp.

”Skratta du”, sa hon, ”för så är det i alla fall. Jag kände honom, jag flög med honom, det var jag som gav honom ett namn när han blev avundsjuk på mitt. Som tack lärde han mig att göra piruetter i luften.”

Jag tog blicken ifrån Jörgen och tittade på Eulalia istället för att se om det skulle komma mer. Och det gjorde det:

”Men sen i förrgår när vi varit ute över sundet och virvlat runt i flera timmar så kände han sig lite svag så vi återvände till land. Där gjorde han en sista piruett för mig och sa att det nog var dags att hitta sin plats på himlen nu, och så la han sig ner på marken och var borta.”

”Det är ju sorgligt”, sa jag.

”Nä”, sa Eulalia, ”det är det det inte är. Jörgen var gammal och hade varit runt hela Jorden och de flesta av hans kompisar var redan stjärnor sen länge. De hade tingat en plats åt honom också, med en stor trädgård med ett päronträd i. Sorgligare kan det ju bli, eller hur?”

”Jo...” Sa jag.

"Och nu", sa Eulalia, "ska jag berätta en saga för dig. Sitter du bekvämt?"

"Sådär", sa jag.

"Du kan lägga huvudet i mitt knä om du vill, så ser du stjärnorna bättre också."

Jag tyckte det lät ganska bra så jag la mig ner på rygg, med huvudet mot Eulalias ben, och sen började hon berätta.

"Det här är inte nånting jag vet säkert", sa hon, "det är bara en saga som jag hörde en vind viska i skogen en dag när jag var ännu mindre än jag är idag, och som jag berättar för mig själv ibland när jag känner mig ledsen. Inatt tror jag att jag behöver berätta den för dig."

"Jag är inte ledsen", sa jag.

"Nä, men du kommer strax att bli. Jag ska nämligen resa härifrån, och sen ses vi nog inte mer."

"Va..." sa jag och kände hur det högg till i bröstet.

"Jo", sa Eulalia, "jag sa det att jag ska strax resa härifrån och det är inte så troligt att vi träffas nån mer gång."

"Men varför det?" sa jag. "Vart ska du?"

"Om jag visste det skulle jag ju inte behöva resa", sa Eulalia på sitt vanliga obegripliga vis. Jag kände mig inget vidare till mods av att hon verkade ta så lätt på vår vänskap, men så var det förstås inte och det skulle jag snart förstå. Hon sa:

"Om du bara låter mig berätta sagan. Som jag sa så är det inte jag som hittat på den och jag vet inte om den är sann men jag tycker att det känns så. Lyssna så får du se."

Och Eulalia började berätta.

"Det var en gång en skog som växte på en ö som låg mitt i ett hav. Det var ingen särskilt stor skog och det var ingen särskilt mörk skog heller. Ön var förresten ganska liten den också och inte ens havet var sådär värst enormt. Det enda som var alldeles jättelikt var himlen som välvde sig som en kupa över alltihop - blå eller gråaktig om dagen, och svart som sot om natten.

Inne i skogen bodde en liten märklig tjej alldeles ensam i ett gammalt ödehus. Hon var inte helt säker på hur hon hamnat där, men ibland när hon kände sej ledsen kunde hon tänka att hon kanske bara var nånting som nån annan hittat på..."

"Nån annan?" sa jag, för jag förstod inte riktigt.

"Ja", sa Eulalia, "ibland kunde hon få för sig att hon bara var en fantasi i nån annans huvud, men att hon blivit trött på det och brutit sig ut för så länge sen att hon glömt bort det. Hur kunde det annars komma sig att hon aldrig blev äldre, och att hon inte behövde äta nånting?"

"Blev hon aldrig äldre?" frågade jag.

"Nä", sa Eulalia, "hon var alltid åtta år, hur många somrar och vintrar som än gick."

"Och hon behövde inte äta?"

"Nä. Ibland åt hon förstås nånting ändå, men bara för att det var gott eller för att ha nåt att göra. Men nu måste jag fortsätta."

"Okej", sa jag, "fortsätt!"

"Hon hade förstås inga föräldrar för om hon haft det så skulle hon ju inte ha bott ensam. Hennes mamma och pappa hade varit tvungna att lämna henne strax efter att hon blivit född, och hon hade inte sett dem sen dess. Hon visste inte ens hur de såg ut, bara att hennes pappa var en mäktig våg som rullade runt på havet och att hennes mamma var ett stilla kluckande av vatten..."

"Så de var inte en vind och en doft då?" sa jag.

"Nää", sa Eulalia och lät nästan arg, "det är ju mina föräldrar!"

"Förlåt", sa jag.

"Är det nåt annat du vill fråga med en gång så att du slipper avbryta mig nåt mer?"

"Ja", sa jag, "finns det nån pojke med i den här sagan?"

"Det får du se", sa Eulalia, "nu fortsätter jag."

"Gör det", sa jag.

"Jo, alltså, hon bodde där och hade det ganska bra. Ibland när hon var ute och gick så kom hon vilse och var tvungen att bo nån annanstans ett tag tills hon kom rätt igen. Men det gjorde ju inget eftersom det inte fanns nån som kunde bli orolig. Hon traskade runt i skogen och över hedarna och längs stränderna, och hon lärde känna alla som bodde där."

"Bodde det fler i skogen?" sa jag.

"Det är klart. Där fanns får och ekorrar och en hare, där fanns tre igelkottar och en del mygg och miljontals med myror. Längs stränderna bodde kluckanden och i träden bodde knakanden, och på vinden i hennes hus fanns ett otäckt tassande ljud som hon kunde prata med om nätterna. Till exempel."

"Jag förstår", sa jag, "fortsätt."

"Hursomhelst, en dag om sommaren träffade hon en pojke i skogen. Han bodde med sin farmor i ett hus alldeles utanför skogen..."

"Mormor", sa jag.

"Nä", sa Eulalia, "farmor! Kan du vara tyst nu så jag blir klar innan solen går upp! Pojken bodde alltså med sin farmor just utanför skogen och var en snäll men kanske lite skrajsen kille. De blev snabbt jättegoda vänner, trots att han var väldigt nyfiken av sig och trots att han alltid avbröt henne när hon försökte berätta sagor för honom..."

"Håll dig till sagan", sa jag.

"Okej", sa Eulalia. "Pojken fick flickan att känna sig lite mindre ensam och lite mera modig, men hon längtade fortfarande efter sina föräldrar och därför började hon bygga en segelbåt. Om kvällarna när pojken var hemma hos sin farmor så fällde flickan träd som hon barkade av och sågade upp i långa och korta brädor. Sen snickrade hon ihop det hela till en liten vacker jolle. Till segel använde hon en dröm som hon haft över och inte visste vad hon skulle göra med."

"En dröm?" sa jag. "Som segel?"

"Javisst", sa Eulalia glatt, "glöm inte att det här är en saga."

"Javisst ja", sa jag.

"Och så en vacker dag var båten klar och riggad och hon var färdig att ge sig av ut på havet för att leta efter sin pappa och sin mamma."

"Men pojken då?" sa jag.

"Jag skulle just komma till det", sa Eulalia.

Hon gjorde ett litet uppehåll och vred på huvudet som om hon försökte hitta orden där ute i mörkret, och sen suckade hon.

"Problemet var", sa hon, "att hon blev så ledsen när hon tänkte på att hon kanske aldrig skulle träffa pojken igen. Ett tag visste hon inte om hon alls borde ge sig av, men samtidigt var det nånting som drog i henne så att hon till slut förstod att hon inte hade något val. Det var havet som kluckade och svallade i henne och hon var tvungen att lyssna. När hon låg på golvet i det gamla huset om natten kunde hon höra hur vågorna bröt inuti huvudet, och när hon gick i skogen om dagen kunde hon känna hur den salta sjön stänkte i ansiktet! Förstår du? Det var hennes öde att hissa segel, och hur mycket hon än skulle komma att sakna pojken så visste hon att hon skulle sakna vindarna och vågdalarna ute på oceanen ännu mer om hon stannade i skogen..."

"Dessutom", sa jag, "så skulle pojken snart bli tvungen att lämna ön i alla fall, för att åka hem till sin mamma och sin pappa, så de skulle ändå inte ses förrän nästa sommar." Jag kände hur jag hade en tjock klump i halsen och kunde knappt prata.

"Dessutom det", sa Eulalia.

Hon tittade ner på mig och jag tittade väl tillbaks men vi kunde knappt se varandra i mörkret så vi återgick till att titta på stjärnorna i stället. Månskäran hade flyttat sig en bit upp över skogen och det kändes som om det tändes nya ljus omkring den hela tiden.

"Så", sa Eulalia, "en dag gick flickan ner till stranden där hon hade lagt sin båt, och hon satte sig på en sten och frågade den första våg som slog upp över fötterna på henne: 'Hallå där våg, måste man vara nära varandra för att vara vänner?' Och vågen som var en gammal och väldigt erfaren våg som rullat över alla de sju haven sa: 'Var har du fått det ifrån, flicka? En vänskap är nånting man tar med sig vart det än bär, och som aldrig kan försvinna - åtminstone inte om den är på riktigt. Den bara växer av att man rör sig och ser sig omkring och lär sig saker och till slut sköter den sig nästan helt själv.' Och flickan sa: 'Jag tror jag förstår.'"

Eulalia tystnade och jag sa:

"Det är nog mer än jag gör."

Hon skrattade lite uppgivet:

"Så var det i alla fall med sagan."

"Var det allt?" sa jag.

"Ja", sa hon, "nästan. Det fanns visst en gammal vikingagrav med också men den var inte viktig för berättelsen, bara för sig själv."

Jag tyckte inte att jag hade blivit särskilt mycket gladare av Eulalias saga, men eftersom hon också verkade lite dämpad så ville jag inte säga nånting om det. Istället sa jag:

"Stjärnvind..."

"Vaddå?" sa Eulalia.

"Du skulle kunna heta Stjärnvind i efternamn, är inte det ganska fint?"

Jag kände hur hon liksom tappade andan och stelnade till och jag undrade om jag kanske sagt nåt dumt. Men hon viskade långsamt:

"Stjärnvind... Det är ju det jag heter ju! Jag känner det i hela kroppen! Åå vad du är otroligt snäll!"

"Det var väl inte så mycket..." sa jag.

"Eulalia Stjärnvind, det är ju hur mycket som helst! Du, om du inte redan hade haft ett namn så skulle jag hittat på ett till dig också, det vet du va?" Eulalia såg frågande på mig.

"Såklart", sa jag.

"Nu känner jag mig mycket mera beredd att ge mig av", sa hon. "Ett vackert efternamn var allt jag saknade ju."

"Är det redan dags?" sa jag och kände hur det knöt sig i bröstet.

"Inte riktigt", sa Eulalia. "Vi kan sitta en stund till."

Det var mitt i natten nu, jag hade ingen klocka men kunde känna i ögonen att jag borde ha sovit för länge sen. Ändå kämpade jag för att hålla dem öppna eftersom Eulalia snart skulle ge sig av, och eftersom stjärnhimlen var så vacker. Månskäran hade vandrat in i ett moln och bara stjärnorna glittrade och gnistrade som ett långsamt fyrverkeri. Här och där kunde jag tycka att en eller annan blinkade som om den ville säga nåt, och jag tänkte att det kanske var nån som jag känt en gång. Inte för att jag känt så många som dött, men ett par stycken.

"Eulalia", sa jag.

"Vaddå?" sa Eulalia.

"Är du säker på att min mormor inte blir orolig?"

"Helt säker", sa hon. Och jag trodde henne gärna för jag ville ligga kvar där jag låg så länge som möjligt, med huvudet mot Eulalias ben och allt det glada glimmandet mellan träden.

Jag slumrade till emellanåt, och vaknade igen när Eulalia sa nåt. Hon pratade långsamt och ibland trodde jag att hon var färdig med en mening när det plötsligt kom lite till. Jag var för trött för att förstå allting, men tyckte om att lyssna på hennes röst. Jag tror hon sa nånting om Saknaden, en kompis till henne som alltid hittade på en massa kul saker. Sen pratade hon om Räddheten igen, som somnade om man sjöng för den. Och sen började hon gnola och sjunga väldigt tyst och försiktigt, och jag somnade väl där i den varma skogsnatten, med Eulalias vaggsång som en snäll mygga surrande runt huvudet:

Jag är Eulalia av luft och vindpiskad sjö,
jag är doften av gräs på en enslig ö.
Jag är ett ljus som studsar mot molnen i natten,
jag är det som gör att du håller i hatten.
Jag är mjuk och mäktig som en väldig fäll,
och liten och stark som en smällkaramell.
Jag är ett skratt och tystnaden runtomkring,
jag är en hel massa saker och ingenting.
Jag är varken eller och både och,
och har varken propeller eller ytterrock!
Ibland måste jag skrika allt jag kan för att tystna,
ibland måste jag sätta mig i vinden och lyssna.
Oftast vet jag inte vad det är jag hör,
men är det som det bör är det vindarnas kör!
Och det sjunger i ögat och kittlar i håret
och skrattar i magen och rycker i låret!
Jag seglar med molnen och dyker i regnet,
jag bräker sagor med fåren i hägnet.
Jag är hickan som barn kan få när de ramlar,
jag är stenar och kottar som barnen samlar.
Jag dansar om natten med stjärnor och månar,
jag klappar takten vid stranden när havet dånar.
Jag vet saker som bara Eulalior vet,
jag är som en enda hemlighet!
Jag tror jag är en dröm och en underström.
Jag hittar alltid hem men vet inte till vem.
Jag är rösterna i tall och i lind,
jag är Eulalia av väder och vind...

När jag vaknade i gryningen kunde jag fortfarande höra hur sången klingade avlägset mellan talltopparna, men Eulalia var borta. Alla stjärnorna var också borta och det enda som rörde sig nere i dalen var ett par yrvakna lamm som klev omkring i dimmorna. Jag satte mig upp och gnuggade mig i ögonen och tänkte

62

att jag hade missat när hon flög bort, jag hade verkligen velat se henne flyga. Sen tänkte jag att det kan jag ju se nästa gång, för det var klart att vi skulle träffas igen. Jag vågade inte tro att hon kunde vara borta för alltid.

Så jag reste mig upp och borstade av mig, och började gå hemåt. Eulalias röst klingade ut ur huvudet allt eftersom och när jag gick förbi hennes hus var det alldeles övergivet och tyst. Då blev jag ledsen och lite rädd och tänkte att jag får väl sjunga själv då, tills det går över. Och så gjorde jag det.

När jag kom hem hade min mormor lämnat dörren på glänt och jag gick in och klädde av mig i hallen. Sen smög jag uppför trappan och in i sovrummet och kröp ner i den kalla sängen. Det tog tio minuter innan jag slutade skaka, men sen kunde jag till och med känna mig lite glad.

Jag tänkte på Eulalia som flög iväg ut över havet i morgonljuset, med den blå klänningen fladdrande i vinden. När jag tänkte på henne såg hon sådär söt och illmarig ut som hon gjorde ibland när hon ville retas, med de mörka lockarna slingrande över kinderna. Jag var plötsligt helt säker på att hon skulle komma att hitta sin mamma och sin pappa.

Sen tyckte jag det var lika bra att somna igen så jag gjorde det, trots att min mormor som alltid brukade snarka så att det skallrade i de immiga rutorna var alldeles tyst och stilla.

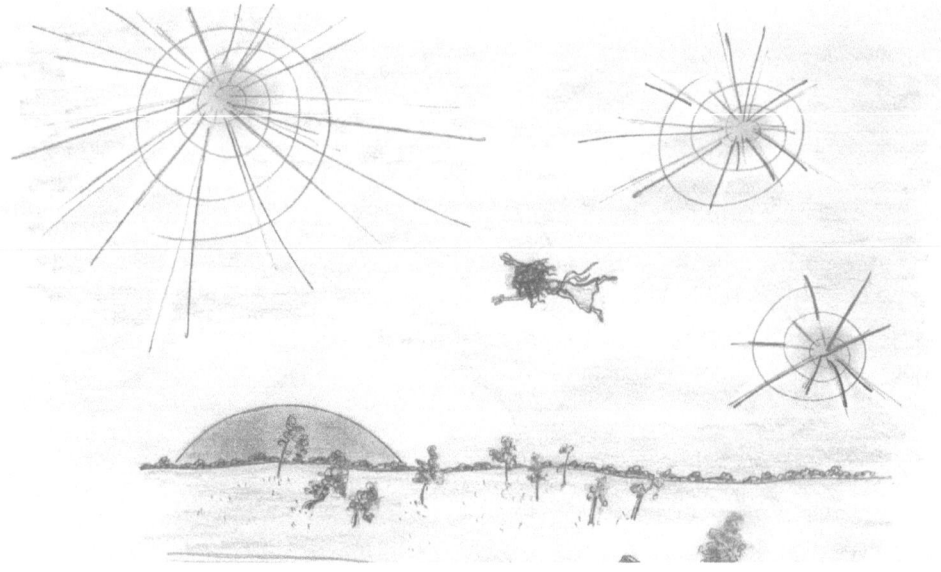

O ch sen gick det en massa år, som det brukar göra om man vänder ryggen till. Jag blev äldre ett år i taget och åkte visserligen aldrig till ön med min mormor igen, men med mina föräldrar. De första somrarna efter sommaren med Eulalia sprang jag raka vägen ut till huset i skogen för att titta efter henne, men eftersom hon aldrig var där så gav jag väl upp sen.

Hon hade sagt den där sista natten att jag nästan säkert skulle komma att glömma bort henne när jag blev större, eller också skulle jag få för mig att hon var nånting jag hittat på själv bara för att jag var liten och ensam på ön med min mormor. Och det var väl så det blev. Minnet av henne förbleknade, och jag fick så mycket annat att tänka på. Jag tror inte att jag tänkte på Eulalia på nästan tio år.

Då hade jag flyttat hemifrån och bodde ensam i en gammal ödekåk som låg för sig själv nere vid älven som rann genom min hemstad. På sätt och vis kan man säga att jag inte heller hade några föräldrar längre, bara en liten mus som bodde i en skokartong, och en snurrig katt som brukade kissa i sängen mest för att retas. Jag hade inget arbete och sov inte mycket, om om nätterna kunde jag sitta på en parkbänk vid vattnet alldeles utanför huset och titta på stjärnorna som speglade sig i den blanka ytan.

Det var då jag för första gången sen jag var liten tänkte på Eulalia igen, och på sagan hon berättade den där ljumma sommarnatten vid vikingagraven i skogen, då när hon bestämt sig för att fara bort. Vad var det hon sagt om den där flickan?

"Det var havet som kluckade och svallade i henne så att hon måste lyssna. När hon låg i det gamla huset om natten kunde hon höra hur vågorna svallade inne i huvudet, och i skogen om dagen kände hon hur den salta sjön stänkte henne i ansiktet"...

Och jag skrattade plötsligt för mig själv och lyfte blicken mot himlen som glittrade ovanför berget på andra sidan vattnet, och det var nästan så att jag kunde se Eulalia komma seglande där genom natten under Jörgens och mormors och alla andras stjärnor, med armarna utbredda som vingar och klänningen virvlande runt de bleka benen. Det var förstås bara nånting jag inbillade mig, men det gjorde mig ändå så hisnande glad och med ens visste jag precis vad jag ville göra med mitt liv.

Jag skulle också lära mig att flyga, och jag skulle leta reda på Eulalia!

Idag är jag jättegammal och har varit till så många platser och träffat så många människor att minnena knappt får plats i huvudet på mig, men Eulalia har jag ännu inte hittat. Jag har förstås träffat en del flickor som påmint om henne, och nån gång trodde jag till och med att det var hon, men de hade andra namn och förstod inte vad jag menade när jag började prata om penséer och päronträd i himlen.

Några gånger har jag tyckt att hon slagit sej ner bredvid mig när jag suttit om natten och tittat på stjärnorna. Då har jag nästan känt hur hon lagt sin lilla hand i min och pekat med den andra mot en eller annan märkvärdighet där uppe, men varje gång jag vridit på huvudet för att se på henne så har hon försvunnit.

Så var det en gång på ett gammalt rostigt skepp som rullade fram över Medelhavet mellan Grekland och Israel. Så var det en annan gång högst uppe på Taffelberget i södra Afrika, när jag satt mig ner i natten för att lyssna på cikadorna. Så var det också den gången jag klättrat upp på en kulle på en ö utanför Kina långt borta i Asien för att se hur byns alla ljus och backens alla lysmaskar tindrade ikapp med Vintergatan i mörkret.

Men tänk att jag tycker faktiskt inte att det gör så mycket, för jag vet att Eulalia finns, och Eulalia vet att jag finns, och vi tänker på varann, och blir glada av varann. Och även om jag fortfarande måste sätta mig i ett flygplan eller en luftballong innan jag kan lätta från marken, så vågar jag åtminstone gå vilse mest hela tiden.

Så därför måste nog berättelsen sluta här, även om ingenting annat gör det. Jag vet helt enkelt inte vart hon tog vägen, eller om hon nånsin hittade sina föräldrar. Kanske svischar de omkring tillsammans under palmerna på nån liten trevlig söderhavsatoll, eller kanske inte.

Kanske gömmer hon sig nånstans här i närheten, rädd för att skrämma mig om hon visar sig - jag är ju vuxen nu och de flesta vuxna är så lättskrämda. Kanske har hon träffat nån annan liten kille eller tjej som hon kan prata med om havet och vindarna och stjärnornas trädgårdar.

Kanske är hon till och med hemma hos dig, är hon det?

Hälsa i så fall från mig!

Malmö Sorgenfri, hösten 1998